B.B.Scharp

Der stille Garten

... und andere Kurzgeschichten

Text und Covergestaltung

B.B.Scharp

Der stille Garten

... und andere Kurzgeschichten

Bibliografische Information der Deutschen
Nationalbibliothek:
Die Deutsche Nationalbibliothek verzeichnet diese
Publikation in der Deutschen Nationalbibliografie;
detaillierte bibliografische Daten sind im Internet über
http://dnb.dnb.de abrufbar.

Lektorat und Korrektorat Geschichten: über die SdS
Umschlagsbild/Covergestaltung: B.B.Scharp

Herstellung und Verlag: BoD – Books on Demand,
Norderstedt

ISBN: 978-3-7519-6000-7

www.bbscharp.de

Der letzte Anruf

Freitag, kurz vor sechs. Moment mal…
war es eben nicht schon genauso spät?
Diese Uhr scheint sich für meine
Sehnsucht nach Feierabend nicht im Geringsten zu
interessieren. Im Gegenteil, ihr Ticken klingt wie
ein Kichern, weil sie die Macht hat mich auf ewig
an diesem Ort festzuhalten, wenn sie einfach so,
vielleicht sogar aus reiner Bosheit, den
Sekundenzeiger anhielte.
Schnell fange ich an den Schreibtisch
aufzuräumen, aber auch dadurch lassen sich Zeit
und Raum nicht austricksen, es ist immer noch
zehn Minuten vor Wochenende und so lange bin
ich hier noch festgenagelt. Mit der Entdeckung der
Relativität hat Einstein scheinbar ganz nebenbei
auch mein Dasein beeinflusst, denn Ich bin relativ
unglücklich und auch diese blöde Uhr verhält sich
entsprechend seiner Theorie. In meiner Pause

treibt sie ihre Zeiger gnadenlos voran und macht so aus dreißig, gefühlte zehn Minuten.

Ich seufze tief und laut, fast bereit mich meinem Schicksal zu ergeben, ich bin immer noch hier. Obwohl ich nur ein Jahr hier arbeiten wollte, hat mich dieses verflixte Callcenter vor drei Jahren mit Leib und Seele gefressen und genau wie die lachende Uhr, habe ich mich seither kein Stück weiterbewegt. Sechsunddreißig Monate, und alles, was ich herausgefunden habe, ist was ich nicht will...nicht hier sein, nicht allein sein, nicht sinnlos sein, nicht einen Tag, keine Woche und schon gar nicht mein ganzes Leben.

Tatsächlich habe ich keine Ahnung, warum ich eigentlich so dringend nach Hause will, dort wartet eigentlich gar nichts Besonderes auf mich. Ein paar dreckige Teller und ein Telefon, was im Gegensatz zu diesem hier, viel zu selten klingelt, mehr habe ich heute Morgen nicht zurückgelassen. Na ja, außer meiner Selbstachtung, die müsste ich auch noch irgendwo vergraben haben. Vielleicht suche ich mal bei meinen Träumen von Liebe und Leidenschaft oder im Korb mit der dreckigen Wäsche. Fünf vor Sechs. Die Uhr ist also doch nicht kaputt und als ich noch so denke, die fünf Minuten bis zu meiner sinnleeren Freizeit werde ich nun doch noch irgendwie schaffen, da klingelt auch schon das Telefon. Natürlich, ist ja klar, dass ich noch diesen einen, letzten Anruf bekomme, ab jetzt läuft die Zeit für mich erst mal wieder rückwärts. Schnell entwirre ich meine vertüdelte Kopfhörerschnur. Ich schaffe das und zum sechsundachtzigsten Mal an diesem Tag höre ich mich mechanisch sagen, „Willkommen bei Ihrem Zeitschriften Service Leseglück, wie darf ich Ihnen behilflich sein?" Dabei verdrehe ich die Augen Richtung Nase und versuche gleichzeitig sie mit der Zunge zu erreichen.

Eine Frauenstimme: „Guten Abend, ich hoffe ich störe Sie nicht, so kurz vor Ihrem Feierabend?" Es klingt ein bisschen kratzig, gefolgt von einem leisen Rasseln, wenn sie in den Hörer atmet.

Ach, was für eine Vorlage, wie gerne möchte ich ihr sagen, dass sie den Nagel auf den Kopf getroffen hat. ´Jaaaa, Sie stören mich! Genau wie alle anderen, die heute bereits vor ihnen angerufen haben, auch wenn ich überhaupt nicht weiß, was ich sonst mit mir anfangen soll, wenn ich nicht gerade für einen Hungerlohn an diesem seelenlosen Ort rumhänge, aber sie stören mich trotzdem beim Untergang in meiner Selbstmitleidssuppe! Bitte rufen sie zu einem späteren Zeitpunkt wieder an, am besten nach Sechs!´

Da ich aber auch weiterhin Miete bezahlen muss, damit ich irgendwo meine dreckigen Träume und die Leichen von Liebe und Leidenschaft aufbewahren kann, sage ich bis auf das Äußerste geschult: „Aber nein, dafür bin ich doch da, bitte nennen Sie mir ihre Kundennummer." Während die Dame in ihren Unterlagen raschelt und weiterhin schwer in mein Ohr schnauft, räume ich Gummibärchen und Stressball in meine abschließbare Schublade und versuche das Alter meiner Anruferin einzuschätzen.

Als sie mir die Zahlen nennt, auf die ich gewartet habe, stelle ich sie mir so um die siebzig Jahre alt vor. In meiner Fantasie sitzt sie in einem geblümten Ohrensessel mit gehäkelten Schonbezügen, eine schnurrende Katze auf ihrem Schoss.

„Wissen Sie, ich muss leider mein Zeitungsabonnement kündigen", knarzt es durch die Leitung, „ich habe diese Zeitschrift immer sehr gerne gelesen," in meinen Gedanken füge ich eine Lesebrille hinzu, „aber nun brauche ich sie nicht mehr." Das war ja einfach, ich erledige die Kündigung und somit auch den Anruf und schwups, sitze ich auf dem Fahrrad Richtung DVD Player und Schokoladeneis. „Das kann ich hier sofort für sie erledigen, allerdings wird die Kündigung erst am Ende des Monats wirksam, so dass sie noch 4 weitere Ausgaben erhalten werden. Lassen Sie uns nur noch kurz ein paar Daten vergleichen." Professionell will ich mich verhalten, meine Aufgabe abarbeiten. Mein Aufenthalt hier ist kaum noch auszuhalten, als die Dame etwas sagt, was umgehend jedes noch so kleine Härchen auf meiner Haut aufstellt.

„Ach, wissen Sie, bis dahin werde ich längst tot sein!" Ist es der Sinn ihrer Worte, der nur langsam zu mir durchsickert, oder die Art, wie sie es gesagt hat...*werde ich längst tot sein?*

Mein Mund ist jedenfalls noch in derselben Sekunde staubtrocken. Wieder diese ganz eigene Empfindung von Zeit... Feierabend? Genauso gut konnte ich jetzt zu Fuß nach Australien starten, beides scheint mir gleich weit entfernt.

„Sind sie noch dran?", dringt es verunsichert zu mir durch, während ich auf der Suche nach

Spucke, meine Lippen befeuchte, und ich sage irgendwas wie ´ach sagen Sie doch das nicht, sie sind doch noch jung´, oder einen ähnlichen Quatsch, den ja doch keiner glaubt, allem voran die Oma mit der Lesebrille.

„Oh doch, ich bin sehr krank, mir bleiben nur noch wenige Wochen, weshalb ich in eine spezielle Einrichtung gehen werde. Alle sagen mir, das wäre nur zu meinem Besten. Ich habe es so oft gehört, dass ich es nun fast selbst glaube. Zum Glück gibt es dort einen Fernseher. Noch einmal „Frühstück bei Tiffany" sehen und dann sterben."

Jetzt höre ich sie doch tatsächlich kichern, ein jugendliches und schelmisches Giggeln, ein Fingerabdruck von der Person, die sie gewesen ist, vor vielen Jahren, bevor der Tod sich mit auf den Ohrensessel gesetzt hat. Ich möchte weinen, auf der Stelle, sofort und jetzt! Nicht nur um die Oma, die ich ja bis eben gar nicht kannte, nein, auch um mich. Um meine Zukunft, die zwar doch einigermaßen trostlos und ebenso schwarz-weiß wie ein Film mit Audrey anmutet, aber immerhin hatte ich sie noch vor mir.

Aber ich weine nicht. Wer immer sie auch ist, was immer sie in Ihrem Leben getan hat, sie hat es nicht verdient meinen Gefühlsgulasch kosten zu müssen, allerdings macht ihr nächster Satz die Sache doppelt schwierig.

„Sie scheinen nun bedrückt zu sein, das tut mir leid, ich rede zu viel, das hat mein Heinrich schon immer gesagt. Dabei möchte ich nur noch einige Dinge regeln. Dies ist nun mein letztes Telefonat, bevor ich am Montag abgeholt werde."

Eine peinliche Pause entsteht, die vielen Worte scheinen sie erschöpft zu haben. Ich bin lieber still, möchte sie nicht stören, war das nicht eben noch andersherum? Sie seufzt, nun von noch lauterem Rasseln begleitet, einen abgrundtiefen Seufzer.

„Leider darf ich meine Katze nicht mitnehmen. Am Montag wird sie in ein Tierheim kommen, ebenfalls zum Sterben, nehme ich an, denn sie ist seit 12 Jahren bei mir, war noch nie wo anders. Das wird sie nicht überleben. Dort wird es so viele Katzen geben..." Sie schnüffelt, muss Luft holen, kann den Satz nicht zu Ende sprechen. Und erst jetzt, wo diese todkranke Frau mir von ihrer Katze erzählt, weicht die Fröhlichkeit aus ihrer Stimme und es schwebt nur noch bodenlose Traurigkeit durch das Weltall, überzieht jeden Satelliten mit Rost, friert meine Ohren ein. Ich kann in jeder einzelnen Sekunde fühlen, wie es geschieht. Diese Frau ruft hier an, um ihre Zeitung zu kündigen, obwohl sie die Sekunden bis zu ihrem Tod wohl zählen könnte und dann soll sie sich auch noch von ihrem vielleicht einzigen Freund verabschieden. Mein Wunsch nach wilden Tränen ist nun dem Wunsch nach einem wilden Schrei gewichen, ich möchte alles hinausschreien, vor allem meine eigene Dummheit. Dachte ich vor 10 Minuten wirklich noch, ICH hätte Probleme? Tief einatmen, ich versuche nun doch mal ein paar Tricks aus dem Telefontraining, wobei ich mir schon sicher bin, dass uns niemand beigebracht hat, wie man mit toten Menschen spricht, die Ihre Fernsehzeitung nicht mehr brauchen. Vielleicht könnte ich einfach auflegen, dann würde Omi erst am Montag wieder jemanden erreichen, was ja dann sowieso zu spät wäre. Ja, dass könnte ich tun und dann alle Spiegel der Welt abhängen, da ich mich darin nie wieder betrachten könnte.

Die Uhr an der neu gestrichenen Wand springt auf Sechs und ich höre mich etwas sagen, was keiner Schulung entspringt, mich selbst überrascht und sich gleichzeitig wunderbar richtig anfühlt: "Darf ich mir ihre Katze vielleicht mal ansehen?" Und als ich heute Feierabend mache, besorge ich noch Eis für zwei Personen und ein paar DVD mit Audrey Hepburne.

***

Die falsche Nacht

Urlaub! Direkt eine Einladung an jeden der im Verborgenem arbeitet. Das Auto wurde für mehrere Tage beladen, sogar der Köter musste mit. Also, Hunde, das ist für seine Berufsgruppe ein echtes Problem, zum Teil so groß wie kleine Pferde, aber auch wenn sie nur das Format einer Ratte erreichten, immer zu Hause und so laut. Besser als jede Alarmanlage, vor allem nachts, in den wertvollen Arbeitsstunden. Einen Biss in die Hand, womöglich mit Infektion, konnte man mit diesem Beruf nicht riskieren. Vielleicht war die Hintertür deshalb so ungeschützt, dieser riesige Kläffer würde sowieso niemanden durchlassen. Aber darum brauchte er sich nun keine Sorgen mehr zu machen, der Hund saß im Auto, Richtung Strand oder so was. Mit ihm der mürrische Teenager, der zwar immer eine Kapuze über dem Kopf trug, um sein Gesicht zu verbergen,

aber in den vergangenen Tagen der Beobachtung hatte er es dennoch gesehen. Zuerst hatte er gedacht, der Halbstarke wäre in eine Prügelei geraten oder mit dem Fahrrad gestürzt. Aber dann war ihm der Ausdruck in dessen Augen aufgefallen. Irgendetwas fehlte, etwas... er hatte es nicht richtig einordnen können, jedenfalls nicht zu diesem Zeitpunkt, zudem er ihre Privatsphäre nur aus einiger Entfernung durchbrochen hatte, nicht nah genug, um jeden einzelnen Seelenschatten auszuleuchten.

Um die Dunkelheit der Nacht grauer zu machen, diente ihm heute die Säufer Laterne als überdimensionale Taschenlampe. Rund wie ein dicker Käse beleuchtete der Mond die Tür auf der Gartenseite mit diffusem Licht, gerade ausreichend, um nicht zu stolpern, aber nicht hell genug, um ihn zu verraten. Die Stirnlampe würde er jetzt noch nicht brauchen. Es durfte nichts schief gehen. Die Leute, denen er Geld schuldete, würden nicht mehr länger warten, aber er würde das Problem noch heute lösen. Das Schloss war völlig veraltet, scheinbar las niemand diese kleinen Handzettel, in denen die Polizei kostenlose, mehr oder weniger nützliche Ratschläge zum Objektschutz verteilte. Er schüttelte grinsend den Kopf, so ist das mit den Menschen, werden einfach nicht klüger, lernen vielleicht noch aus dem Gestern, dann war es aber eigentlich immer schon zu spät. Während der Vorbereitungsphase war er stets hoch konzentriert, musste es sein, viel hing davon ab, diesmal vielleicht sogar sein Leben. Doch zuerst das Schloss. Das letzte Klicken würde ihm die alte Holztür und somit den Zugang zu mehreren Wochen sorgloser Freizeit öffnen. Er ging davon aus, dass noch genug für einen kleinen Urlaub übrigblieb, vielleicht eine Flusskreuzfahrt, da könnte er nebenbei gleich auch noch ein bisschen arbeiten.

Es gab eine Münzsammlung im Haus, nicht sicher

im Geldinstitut aufbewahrt, sondern im Haus eigenen Safe, damit der alte Sack sie jederzeit polieren konnte und die aufgebrezelte Schnecke hatte bestimmt auch nicht ihren ganzen Schmuck mitgenommen. Ihr Mann schenkte ihr gerne Glitzerkram, so lenkte er von seinen offensichtlichen Verhältnissen mit anderen Frauen ab. Er hatte ihn dabei beobachtet, wie er die Haushaltshilfe im Ehebett immer besonders gründlich saubermachen ließ. Überhaupt war der Typ ein mieses Schwein, in den letzten Tagen war dies immer offensichtlicher geworden, denn der Junge hatte die blauen Flecken tatsächlich seinem Vater zu verdanken. Geschrei und Gerumpel im Haus hatten diesen Verdacht in ihm verstärkt und mit einem brutalen Vater kannte er sich selbst bestens aus. Er konnte die Hilflosigkeit und die Schmerzen noch spüren, er hörte das Geräusch der Fäuste auf seinem eigenen Gesicht. Aber im Grunde waren das nicht seine Angelegenheiten, er hatte seine eigenen Probleme, er musste sich konzentrieren.

„Suchen Sie hier etwas Bestimmtes?"

Ein elektrischer Blitz durchzuckte ihn, das pure Adrenalin. Sein Dietrich fiel ihm aus der Hand und mit einem leisen Klimpern zu Boden. So ein Schlamassel, wo kam der Typ denn auf einmal her. Langsam drehte er sich um, gespannt, was ihn erwartete. Hoffentlich keine Waffe. Die Stimme passte zu der Erscheinung. Ein alter Mann, vielleicht auf der Suche nach seiner Katze.

In großen Gummistiefeln und eingehüllt in einen flauschigen Bademantel, der im Mondlicht schimmerte, stand er im Beet mit den Kürbispflanzen. Wie hatte er ihn nur überhören können? Der Alte musste Flügel unter dem Bademantel haben. Nun, er selbst hatte zwar keine Flügel, aber er war dennoch schnell und bevor der Opa weitere Fragen stellen konnte, stürzte er sich auf den zittrigen Mann.

„Bitte, nein ...", ein überraschter Ausstoß, der wohl der Beweis dafür war, dass der Alte lieber nicht in seine Gummistiefel geschlüpft wäre, aber das war nun dem Gestern zu zuordnen und nicht mehr änderbar. Er machte einen Schritt rückwärts, verhedderte sich mit seinen Stiefeln in dem Gestrüpp der Pflanzen und verlor das Gleichgewicht. Praktischer Weise fiel er dadurch ganz von selbst um. Dummerweise verfehlte sein Kopf nicht die Reihe der Feldsteine, die als Beet Einfassung dienten und mit einem leisen, dumpfen Geräusch endete sein Sturz.

Der Katzenbesitzer war ohnmächtig, im besten Fall. Kurzerhand zog er dem Mann die Gummistiefel aus und die Socken von den schrumpeligen Füssen. Gut, dass er immer Handschuhe trug. Die Strümpfe schob er ihm in den Mund, knotete den Gürtel des Bademantels auf und zog ihn unter dem leblosen Körper hervor. Während er ihm damit Hände und Füße zusammenband, hoffte er nur, der Alte wäre nicht tot. Dennoch, er musste den Bruch jetzt in jedem Fall beenden, so wie es aussah würde es wohl doch eine längere Kreuzfahrt werden. Er trieb sich zur Eile an, in der stillen Hoffnung, dass die dazu passende Oma nicht auch noch in geblümten Gummistiefeln im Gemüse herumschlich. Schwer atmend suchte er den Dietrich und widmete sich wieder dem Schloss. Die Tür würde nicht quietschen, trotz ihres Alters war sie in gepflegtem Zustand. Wieder schreckte er zusammen, war da noch ein anderes Geräusch? Seine Nerven waren nun völlig überreizt. Schließlich brachte er nicht jeden Tag alten Männer den Tod und selbst Körperverletzung war etwas anderes als Einbruch, das würde auch die Polizei so sehen. Doch zurück konnte er nun nicht mehr. Die Tür schwebte lautlos auf und er glitt genauso geräuschlos hinein, nicht ohne sie hinter sich wieder zu schließen. Kurz durchatmen, jetzt nur keine Fehler mehr. Der lange

Flur vor ihm lag im Dunkel und noch bevor er für Beleuchtung sorgen konnte, stellten sich seine Nackenhaare erneut auf. Er sah es nicht, aber er wusste es trotzdem, er war nicht allein. Vor ihm waberte ein tiefes Knurren durch die Dunkelheit. Verflucht, vielleicht hätte er doch einfach gehen und es einfach nochmal woanders versuchen sollen. Aber, die Menschen lernen ja nur aus dem Gestern, er war wohl keine Ausnahme. Sein Hirn arbeitete auf Hochtouren. Wieder Adrenalin, gleich würden seine Beine ihm das Blut aus dem Kopf saugen. Ein uralter Reflex, um vielleicht doch den Wettlauf mit Gevatter Tot zu gewinnen. Zögernd zwang er seine Hände an die Stirnlampe, ganz langsam, jetzt bloß keine hektischen Bewegungen. Vielleicht konnte er das Vieh blenden und sich ein bisschen Zeit verschaffen, ein paar Sekunden würden reichen, um langsam wieder aus der Tür zu schleichen. Verdammtes Pech, erst der Opa und wo kam jetzt dieses Vieh her? Ein heller Strahl schoss in Lichtgeschwindigkeit durch den langen, schmalen Raum und sofort wünschte er sich, er hätte die Welt in Dunkelheit gelassen. Jeder Muskel des Hundes wurde beleuchtet, zum Sprung bereit umspielten ihn die zitternden Lichtblitze der Lampe. Aber er sprang nicht, er schien zu warten. Aber worauf denn, zum Teufel? Er hob den Kopf etwas an und dann kam die Erkenntnis, dass er tatsächlich sterben würde, und zwar heute. Hinter dem riesigen Vieh stand ein Junge, vielleicht siebzehn Jahre alt, zierlich für sein Alter. Ein Veilchen prangte auf seinem rechten Auge und darunter leuchtete ein geschwollenes Jochbein in bunten Farben, aber auch ein Hauch von Überraschung auf. Gerade wollte er zu irgendeiner halbseidenen Erklärung ansetzen, da sah er das viele Blut an der Jeans und dem grauen Kapuzenpulli des Teenagers. Er registrierte sogar das Logo auf der Vorderseite, eine skelettierte Hand zeigte ihm den Mittelfinger. Nein wie passend. Mit eben diesem Pulli war der Junge heute Morgen in das Auto gestiegen. Sein Gehirn versuchte sich an einer harmlosen Erklärung, aber das lange, ebenfalls verschmierte Messer in der Hand des Kindes ließ wenig Platz für Fantasie. „Sie haben sich leider die falsche Nacht ausgesucht", sagte der blutverschmierte Schatten fast bedauernd und flüsterte dem Hund einen Befehl zu. Und als das Tier sich vom Boden abstieß und scheinbar in Zeitlupe sein riesiges Maul öffnete, als ihm bereits heißer Höllenatem in die Nase stieg, da erkannte er mit einem letzten, klaren Gedanken was er in dem stark verprügelten Gesicht des Jungen gesucht, aber nicht gefunden hatte. In den dunklen Augen, die schon zu viel für ein junges Leben gesehen hatten, gab es keine Angst mehr.

***

Tod im Pool

Ich treffe jeden Tag mindestens eine Person, die ich gerne töten würde. Warum ich diesem Bedürfnis nicht einfach nachgehe? Nun, weil es zum einen natürlich verboten ist und zum anderen töte ich hauptsächlich, wenn ich dafür bezahlt werde.

In den letzten Jahren habe ich schon einige Leute von diesem Planeten entfernt, ich empfinde es als humanitäre Arbeit. Wenn Sie wüssten, was für wirklich üble Typen es gibt, Sie würden mir umgehend Ihren Sparstrumpf aushändigen, damit ich mich auch weiterhin darum kümmere. Aber dennoch, eine Leiche pro Tag wäre wohl etwas unvorsichtig. Daher ist es sehr ärgerlich, dass ich ausgerechnet zu einem Mord befragt werde, mit dem ich wirklich nichts zu tun habe. Stümperhafte Arbeit, impulsiv, ohne Plan. So ein Amateur. Man sollte doch die Finger davon lassen, wenn man nicht bei der Sache ist. Der Zeitpunkt ist essentiell, der Tatort idealer Weise frei von DNA und die Leiche sollte möglichst nie wiederauftauchen.

Die Tote in meinem Swimmingpool hat sich offenkundig an keine meiner Regeln gehalten und der Täter hat einen Haufen Fußspuren hinterlassen. Wir haben hier einen sehr nervösen Kollegen und eine wirklich miserable Planung. Das kann ich auf keinen Fall dulden. Schlechte Arbeit verursacht mir Sodbrennen, und über die Verschmutzung meines Pools will ich gar nicht erst reden.

Worüber ich aber etwas erzählen könnte, ist der Mörder, denn ich weiß ziemlich genau, wer er ist.

„Ich sagte Ihnen doch schon, ich kenne die Frau in meinem Garten nicht. Ich denke, Sie verschwenden unsere Zeit, Herr Polizeihauptkommissar."

Absichtlich strecke ich meine langen Beine aus und schlage sie sehr langsam übereinander, schließlich ist der Beamte vor mir auch nur ein Mann. Das ist in jedem Land der Welt sehr einheitlich geregelt, blonde, große Frauen, mit Sanduhren Figur sind die Achillesferse der Männlichkeit und auch ihr Untergang.

„Erster Polizeihauptkommissar, soviel Zeit muss sein."

Verdammt, würden meine Naturalien hier keine Wirkung zeigen? Dennoch fahre ich mir mit aufwendiger Gestik durch mein langes Haar.

„Wir haben in Ihrem Haus eine Waffe gefunden, ist das Ihre?" Ganz locker sitzt er da, der Ärmste hat keine Ahnung, mit wem er es hier zu tun hat.

„Könnten Sie bitte die gefundene Waffe näher beschreiben?" Interessiert beuge ich mich leicht vor, so dass meine Bluse sich ein wenig strafft.

War da doch ein kurzes Blinzeln?

„Eine P226 Scorpion, Flat Dark Earth Beschichtung mit Stahlgriffstück, wir fanden sie in Ihrem Schlafzimmer, sehr schlecht versteckt. Mal ehrlich... im Schuhkarton? Und leider ist da noch der Tatbestand, dass eine Tote in ihrem Pool nach Fischen taucht. Tut mir sehr leid, aber ein bisschen verdächtig ist das schon."

Das Wort *bisschen* betont er so eigenartig, irgendwie spitzfindig. Aber ich mache mir keine Sorgen. Mit der Waffe habe ich ewig nicht geschossen, sie ist nur für Notfälle gedacht, mein Werkzeug ist in Schließfächern auf der ganzen Welt verteilt. „Natürlich ist das meine Waffe! Wer sollte sonst Pistolen in meinem Haus verteilen. Ich arbeite in der Bewachungsbranche und habe eine Waffenbesitzkarte. Ist Ihre Freischwimmerin denn damit erschossen worden, Herr Oberwacht-meister?"

Jetzt beugt er sich ebenfalls über den Tisch, teuflisch grinsend. Schöne Zähne hat er, das muss man schon sagen und er riecht auch so interessant, nach Waschmittel und Shampoo. Unsere Blicke treffen sich und ein angenehmes Prickeln kullert mir den Rücken runter. Und als ich mich eben auf eine schlagfertige Antwort freue öffnet sich die Tür des kleinen Büros. Ein frischer Luftzug drängelt sich in den Raum und ein haarloser, untersetzter Beamter winkt aufgeregt mit seinen Wurst Fingern. Die schönen Zähne verlassen den Raum und ich bin direkt etwas enttäuscht. Natürlich kann ich mir keine festen Beziehungen erlauben, der Job ist echt stressig. Aber hier und da eine nette Nacht, das ist wie Wein und Schokolade, in kleinen Portionen sogar richtig gesund. Nach zwanzig Minuten Langeweile schwebt der Waschpulver Geruch wieder in den Raum. Erwartungsvoll bereite ich einen sinnlichen Blick vor, als der Kommissar mich plötzlich rausschmeißt: „Sie können gehen, wir haben eine Aussage von Ihrem Nachbarn. Es handelt sich wohl um einen tragischen Unfall mit Todesfolge. So wie es aussieht, haben er und unser Opfer erhebliche Mengen Alkohol konsumiert und beschlossen nach

dem Gewitter noch schwimmen zu gehen."
Schnell mache ich ein empörtes Gesicht, „In
meinem Pool?"

Jetzt grinst der Bulle doch tatsächlich, das ist
ziemlich süß.

„Ja, so wie es aussieht, war es die nächste größere
Wasserstelle. Sie sind wohl herum getorkelt, bis
die Frau ausgerutscht oder gestürzt ist. Den
genauen Umstand müssen wir noch prüfen. Wir
werden Ihren Garten eventuell noch einmal
aufsuchen müssen."

„Tun sie sich keinen Zwang an." Ich räuspere
mich, verhalte mich schüchtern und stoße zu: „Da
ich nun nicht mehr verdächtig bin ...hätten Sie Lust
mich heute Abend ohne Uniform aufzusuchen?"
Wieder dieser durchdringende Blick, graue Augen,
nein fast schon helles Blau. „Neunzehn Uhr, ich
weiß wo Sie wohnen."

Meine Knie werden tatsächlich etwas weich, das
ist genau was ich jetzt brauche, Wein und

Schokolade würde ich noch besorgen. „Na dann",
flüstere ich, „Einundzwanzig Uhr, ich muss erst
noch etwas erledigen."

Es ist neunzehn Uhr, mein Werkzeug habe ich
geholt. Der Nachbar ist zurück, hat seine Aussage
gemacht. Er hat versucht in sein Haus zu
schleichen, heute schon der Zweite der mich
unterschätzt. Die Tür ist kein Problem, sie lässt
sich schnell und lautlos öffnen. Der Drecksack hat
seine Freundin schon seit seinem Einzug vor drei
Monaten regelmäßig verprügelt. Seitdem steht er
ohnehin auf meiner Liste. Die Sick Sauer P320
gleitet aus dem Holster in meine Hand. Es fühlt
sich vollständig an, wie einer meiner Finger, der
gefehlt hat. Das neue Modell verfügt über ein
Gewinde für den Schalldämpfer, das ist hilfreich,
nicht nur heute. Ich gleite den Flur entlang und als
ich es rieche, ist es bereits zu spät. Waschmittel
und Shampoo. Ich spüre das Metall an meinem

Hinterkopf. Mein Nachbar und seine Freundin tauchen vor mir auf, beide in einer Polizeiuniform. Die Leiche grinst äußerst lebendig zu mir rüber.

„Da sind Sie doch tatsächlich auf unsere kleine Komödie reingefallen, Sweety. Wir suchen Sie schon so lange. Wie viele Auftragsmorde gehen noch gleich auf Ihr Konto?", fragt mich der Waschmittelduft in meinem Rücken.

Meine Sick poltert auf den Boden. Langsam drehe ich mich um, ich hatte ihn unterschätzt.

„Werden sie auf mich warten Herr Oberstaatssekretär?" Und dann war da wieder dieses Lächeln.

***

Ghosting

„ Ein Wort von Dir, zu schnell gesprochen,

tötet mich mit scharfer Klinge.

Schneller ist mein Herz gebrochen,

als das Lied vom Tod ich singe.

So sterbe ich.

Ganz sanft und sacht,

ohne Kampf und ohne Macht.

Gebe meine Seele hin.

Willkommen Tod, Du gibst mir Sinn"

(B.B.Scharp)

 Das Messer in meiner Hand schien festgewachsen zu sein, denn ich konnte es nicht mehr loslassen. Langsam stand ich auf und betrachtete es, so als sähe ich es zum ersten Mal. Natürlich hatte ich es schon häufiger gesehen, hatte Gemüse für Salat und Aufläufe damit bearbeitet, und nun auch meinen Exfreund.

War ich darüber in irgendeiner Form überrascht? Ich glaube nicht, er hatte es verdient. War ich nun zufrieden? Zumindest ist es jetzt besser als vorher. Eine Alternative gab es schon lange nicht mehr. Zugegeben, eine Zeit lang hatte ich überlegt nur mich selbst umzubringen. All diese langen, einsamen Fahrten auf der Landstraße und all diese unbeugsamen Bäume. Mehr als einmal beschleunigte ich das Auto weit über meine Fahrkünste hinaus und hoffte ein verirrtes Reh oder eine Unebenheit auf der Fahrbahn mochte meiner Hölle ein Ende bereiten. Aber das Universum versagte mir diesen Gefallen.

Nun, es hatte mir dafür heute das Messer in die Finger gelegt und dafür war ich dankbar, wenn es auch nicht das Ende war, das ich mir vor langer Zeit gewünscht hatte. War es schon so lange her, dass ich dachte, mein Leben könnte nicht perfekter sein? Während ich versuchte, die Zeitlinie rückwärts zu verfolgen, ging ich langsam zum

Spülbecken und legte das Messer hinein, abwaschen brauchte ich es nicht, ich hatte ihn umgebracht, das konnte ruhig jeder wissen. Doch ich hatte Durst, so fürchterlichen Durst, nicht vom Schock, ich fühlte ich mich so aufgeräumt wie nie, war ich doch sonst wie im Nebel durch die letzten Monate geirrt. Ich nahm mir ein Glas aus dem Küchenschrank und füllte es mit kaltem, klarem Leitungswasser. Während ich in kleinen Schlucken trank, betrachtete ich den leblosen Körper auf den Terracotta Fliesen. War das Blut wirklich von ihm? Ich hätte schwören können, er hatte nie welches in sich gehabt, eher Eiswasser, oder flüssigen Beton. Am Anfang war es anders gewesen, da hatte er gebrannt, heiß wie Lava und unsere Nächte verbrachten wir nicht auf der Erde, es war eher so, als hätten wir die Umlaufbahn verlassen, lodernd wie Fackeln. Wenn wir uns küssten war es pure Elektrizität, so stark, dass ich dachte, alles um uns herum müsste im selben Moment in Dunkelheit versinken, aber die Dunkelheit war dann doch einzig und allein zu mir gekommen. Einen bestimmten Moment oder Anfang gab es nicht mal… meine psychische Stabilität wurde einfach Tag für Tag, Stunde um Stunde, in immer kleinere Stückchen gehackt. Am ersten Tag der Finsternis, nach einer Nacht der Flammen, verließ er meine Wohnung. Am selben Abend wartete ich geduldig auf das Geräusch seines Autos oder eine Nachricht von ihm. Ich hatte ihm schon mindestens vier Nachrichten hinterlassen, erst geflüsterte Schwüre, dann Fragen und langsam wurde mein Ton schärfer. Keine Antwort. Dann fing ich an, mir Sorgen zu machen, ihm war doch wohl nichts passiert? Als er gegen 22 Uhr immer noch nichts von sich hören ließ, hielt mich nichts mehr in meiner Wohnung. Es musste etwas passiert sein, eine andere Erklärung gab es nicht, er liebte mich, ich wusste das, nie würde er mich und meine Nachrichten ignorieren. Geflüsterte Worte gingen mir durch den Kopf, *'vielleicht kann uns niemand verstehen, doch wenn wir sterben haben wir wahre Liebe gesehen'*, ich fuhr schneller, zu diesem Zeitpunkt machte ich mir noch Sorgen um seine Gesundheit.

Vor dem Mehrparteien Haus angekommen, ließ ich die Luft aus meinen Lungen, scheinbar hatte ich auf der Fahrt kaum geatmet, sein Auto war da und es brannte Licht. Nun war es wohl an der Zeit wieder wütend zu werden, wenn er gesund und munter war, gab es wohl keinen Grund, mich den ganzen Tag zu ignorieren. Ich klingelte aufdringlich oft, er öffnete nicht. Erneut rief ich sein Handy an, er nahm nicht ab. Im Wohnzimmer ging das Licht aus. *`Meine Liebe zu Dir, tiefer als das Meer...`*, ich konnte es nicht fassen. Wie gelähmt stand ich vor dem Haus, überlegte eine der anderen Klingeln zu drücken, um wenigstens bis vor die Wohnungstür zu kommen, aber damals verspürte ich noch ein kleines bisschen Würde.

Später verlor ich auch diese gute alte Freundin.

Verwirrt zog ich mich zurück und beschloss, erst mal ein paar Tage abzuwarten, vielleicht gab es ja doch noch eine ganz harmlose Erklärung und wir würden noch unseren Enkelkindern von diesem großen Missverständnis erzählen, lachend, in die gleichen kuscheligen Strickjacken gehüllt. Ich füllte mein Glas nach, so ein Durst. Das Wasser floss aus dem Hahn, sauber, strukturiert, geordnet, ganz anders als das Blut aus seinem Hals. Es war eilig herausgespritzt, als wäre es ebenso, wie ich, nach langer Zeit befreit worden. Nach diesem Abend, den ich vor seiner verschlossenen Tür verbracht hatte, folgten weitere, immer tiefere Abgründe. Sämtliche Versuche den Kontakt oder vielleicht ein Gespräch herzustellen scheiterten. Ich weinte, fluchte, verfluchte und drohte, platzierte bittere Beschimpfungen und verzweifelte Entschuldigungen auf seinem Handy.

Zeitweise betrank ich mich mit Rotwein, rauchte

zu viele Zigaretten. Meiner Arbeit konnte ich kaum noch nachgehen und ließ mich schließlich krankschreiben. Es musste doch eine Erklärung geben! Wie konnte Liebe so schnell vergehen, was stimmte nicht mit mir, hatte ich etwas falsch gemacht? Hatte er Probleme und brauchte meine Hilfe? Meine freie Zeit nutzte ich für Verfolgungen. Sicher, ihn mit einer anderen Frau zu erwischen, jagte ich mein Auto durch die Nacht. Der Gedanke machte mich so verrückt, dass ich mich übergeben musste, ich verlor zehn Kilo Gewicht in diesen Wochen. Doch egal, was ich tat oder nicht tat, er sprach nicht mit mir, keine Erklärungen, kein Abschied, kein Wort, welches mich am Leben erhalten hätte. Schließlich wurde ich am Handy geblockt, die letzte Einbahn Straße war nun auch geschlossen. Jetzt hatte er mir alles genommen. Aber das war in Ordnung, jetzt lag er auf den kalten Fliesen der Küche und würde viel Zeit zum Nachdenken haben. Schon wieder dieser

Durst und jetzt kamen auch die Krämpfe, meine Knie gaben nach, ich sank auf dem Boden nieder, überall Blut. Mein Blick verschwamm und ich musste mich übergeben, es kam nicht viel, ich aß nur noch selten und das Gift hatte ich mir gespritzt. Das Internet war voll davon, dass Leute überlebten, weil sie alles wieder ausgekotzt hatten, dass durfte nicht passieren. Meine Jagd war noch nicht zu Ende, wir würden uns gleich wiedersehen. Vielleicht würde er mir, aufgehängt am Höllenrad, Stunde um Stunde ins Gesicht schauen müssen und während die Taubheit meine Arme und Beine hoch kroch, war ich glücklich, endlich würde ich meine Antworten bekommen.

***

Die Bank am See

„Ist hier noch frei?" Ein alter Mann belegte ganz allein die einzige Parkbank im Umkreis. Wo kam der nur auf einmal her? Seit acht Jahren verbrachte Waldo jede seiner Mittagspausen hier am See und noch nie hatte um diese Zeit jemand auf seiner Bank gesessen.

„Nein", brummelte der Alte und machte keinerlei Anstalten den zweiten Platz freizugeben.

„Aber da sitzt doch niemand?" Waldo dachte sich, er könne nun ebenso unfreundlich sein.

„Ich sitze hier", sagte der Besetzer, ohne aufzusehen.

„Diese Bank ist doch groß genug für Zwei, bitte rutschen Sie ein kleines Stück!"

„Nein!", grummelte es erneut von der hölzernen Sitzgelegenheit herauf.

Das hatte er nun von seiner Höflichkeit.

Wütend drehte Waldo sich um und stapfte zurück ins Büro, wo er heute sein Brot essen würde, aber so kampflos konnte er seine Bank nicht aufgeben, am Ende beschloss dieser unfreundliche Mensch noch, nun jeden Tag vorbei zu kommen.

Ziemlich genau vierundzwanzig Stunden später eilte Waldo erneut dynamischen Schrittes zu seinem Lieblingsplatz.

Da er den Mann, außer am gestrigen Tag, nie zuvor gesehen hatte, war er fast sicher, diesen heute nicht erneut vorzufinden. Unterwegs verlor er allerdings etwas an Schwung, denn er erkannte die gebeugte Gestalt schon auf Entfernung am hellbraunen Mantel. Sie saß regungslos auf Waldos Bank und starrte die ganze Zeit auf das schlafende Wasser. Im Grunde war Waldo ein sehr friedfertiger Mensch, aber diese Bank war etwas, was sich für ihn nach ´zu Hause´ anfühlte. Heute würde er sich nicht vergraulen lassen!

„Ich wünsche einen guten Tag, mein Herr." Einen letzten höflichen Versuch war er sich schuldig.

„Da Sie schon wieder aufgekreuzt sind, verliert der Tag gerade seinen Reiz", brummte es aus dem braunen Mantel heraus, „und wie Sie sehen, sitze ich auch heute hier." Ein trockenes Rascheln drang zu Waldo hoch, vielleicht ein Lachen? Ein Geräusch, wie zwei Igel in einem Laubhaufen.

„Das sehe ich. Bitte rücken sie ein Stück, meine Mittagspause ist begrenzt." Waldo trat an die Bank heran, drehte sich um und quetschte sich einfach links neben den Dieb, der ihm jetzt nicht nur die Bank, sondern langsam auch die Nerven stahl.

„Sie...machen sich Gedanken um ihre Mittagspause?", muffelte der Alte und zerrte seinen Mantel unter Waldos Hintern hervor.

„Sorgen Sie sich lieber um Ihre begrenzte Lebenszeit!"

Waldo, der sich gerade daran gemacht hatte sein Salatsandwich auszupacken, hielt in der Bewegung inne. „Na, also hören Sie mal, ist das etwa eine Drohung?" Nun war er doch ein bisschen nervös, immerhin war es ja doch nur eine Parkbank, um die es hier ging. Allerdings hatte er vor fünf Minuten ja selbst noch um seine Bank ringen wollen. Nachdenklich biss er in sein Brot, der mürrische Mann neben ihm schwieg. Waldo kam das sehr laut vor.

„Sie denken wohl, diese Bank gehört Ihnen, was?", brummte es nun doch neben ihm. „Nur. weil Ihr Hintern hier ein paar Abdrücke und ihr Brot ein paar Krümel hinterlassen hat?"

„Na, Ihre Bank ist es ja nun erst recht nicht, ich habe Sie hier noch nie gesehen!"

„So, Sie glauben also, nur weil Sie mich hier mittags nicht sehen, kann ich noch nie hier gewesen sein?"

Waldo hielt kurz inne, darauf war er noch gar nicht gekommen, schließlich saß er nur einmal am Tag hier. Er war tatsächlich nicht darüber informiert, was sonst so mit dieser Bank geschah.

„Wenn Sie gewöhnlich zu anderen Zeiten hier waren, warum haben Sie Ihre Gewohnheiten geändert?"

Der alte Griesgram zog würdevoll eine nostalgische, edle Taschenuhr aus der Brusttasche seines Hemdes, wo sie mit einer goldenen Nadel festgesteckt worden war. „Ihre Pause ist zu Ende.", knurrte er.

Waldo seufzte und packte seine Thermoskanne ein, als er aufstand und ein paar Abschiedsworte murmelte, hörte er den Fremden noch sagen: „Und kommen Sie morgen bloß nicht wieder!"

Aber Waldo kam am nächsten Tag. Mochte es auch seltsam klingen, dreißig Minuten am Tag gehörte diese Bank ihm, auch wenn er sie nun vielleicht auf unbestimmte Zeit teilen musste.

„Heute mache ich aber keinen Platz für Sie!" Der Mantel erschien Waldo noch zerknitterter als sonst.

Genauso, wie der knorrige Mann, der ihn trug. Täuschte er sich, oder saß der Alte heute etwas weiter links? Waldo setzte sich so selbstbewusst wie möglich und hatte tatsächlich etwas mehr Freiraum als gestern. Er packte sein Essen aus und schaute über den See.

Ein Schwanen Pärchen zog im stillen Wasser seine Kreise. Auch der Griesgram schien sie bemerkt zu haben und er sah dabei entrückt und traurig aus.

War Waldo das bisher entgangen?

„Sie sind wunderschön, nicht wahr?" Der Versuch einer Konversation konnte ja nicht schaden.

„Sie reden zu viel, das nervt", muffelte es von links.

„Und Sie zu wenig, das ist langweilig", flutschte es aus Waldo heraus. Eine unangenehme Stille entstand, welche die vorherige, einvernehmliche Ruhe verdrängte. Waldo wünschte sie sich zurück.

„Ich heiße Gregor…"

Überrascht und ein wenig erfreut drehte Waldo seinen Kopf zur Seite und stellte sich ebenfalls vor: „Und ich Waldo."

„Ihre Zeit ist um", stellte Gregor nach einem Blick auf seine Uhr fest und Waldo musste die Pause beenden, obwohl er heute eigentlich gar nicht so gerne gehen wollte.

„Bis morgen?", fragte er den alten Mann, doch der starrte schon wieder reglos auf den See.

Auch der Donnerstag zeigte sich in einem sonnigen Anzug und das Schwanen Pärchen genoss die Wärme.

„Meine Frau liebte diese Schwäne, sie kommen schon seit einigen Jahren hierher."

Sie hatten schon eine Weile schweigend verbracht und an den Käse - Sandwiches herum gekaut, die Waldo heute für zwei Personen eingepackt hatte. Er schluckte schwer und musste mit Tee nachspülen. Es war ihm nicht entgangen, dass

Gregor die Vergangenheitsform genutzt hatte.
Deshalb fragte er nur zögerlich: „Liebte?"
„Es ist halb Eins!", maulte Gregor und das war das
Zeichen dafür, dass Waldo heute nichts mehr
erfahren würde.

Freitag war Waldos Lieblingstag, die Woche reiste
erneut in die Vergangenheit, zu ihren Schwestern,
verabschiedete sich aber immer wieder mit einem
Wochenende. Ein bisschen wie der Geist der
Weihnacht von Dickens. Und er hatte jetzt sogar
einen eigenen Scrooge. Heute hatte er gute Laune,
die Sonne schien und in seiner Tasche befanden
sich extra Brote und sogar ein Stück Kuchen für
ihn und den alten Miesepeter.
Als er sich neben Gregor setzte, verhielt sich
dieser allerdings noch stiller als sonst. Das Gesicht
zum See gewandt sprach er erst am Ende der
Mittagspause ein paar leise Worte: „Morgen ist ihr
Geburtstag."

Waldo war noch nicht verheiratet. Eine Liebe, die ein lebenslanges Versprechen rechtfertigte, hatte er noch nicht kennen gelernt. Gregors große Liebe war tot. Es saß nur noch ein halber Mensch neben ihm. Alles was Waldo zu sagen hatte würde sich genauso halbiert anhören, daher schwieg er lieber.

„Ich werde zu ihr gehen." Gregor sah ihn an.

„Also, wenn Sie möchten... ich begleite Sie gerne morgen zum Friedhof, also, wenn Sie vielleicht..." Waldo wollte sich wirklich gerne anbieten, wurde aber rüde unterbrochen.

„Ihre Pause ist um!" Gregor stemmte sich mühevoll von der Bank hoch und schlurfte einfach davon. Waldo fiel auf, dass er ihn noch nie auf den Beinen gesehen hatte. Nach ein paar Metern drehte der Alte sich noch einmal um und brummte: „Sie sollten sich eine Uhr zulegen!"

Am Montag war die Bank leer. Waldo setzte sich und wartete. Das erste Mal seit Jahren überzog er seine Mittagspause. Auch am Dienstag und am Mittwoch saß er im strömenden Regen am See. Er blieb allein, nicht mal die Schwäne waren zu sehen. Erst am Donnerstag saß wieder jemand auf seinem Platz. Sein Herz hüpfte vor Erleichterung und er überlegte sich bereits eine unfreundliche Bemerkung für Gregor, als er eine Frau erkannte. Sie sah ihn näherkommen und ging auf ihn zu. Ihre Kleidung war sehr dunkel gehalten und sie sah etwas hilflos aus. „Sind Sie Waldo?"

Er blinzelte überrascht. „Ja, das bin ich?"

„Ich soll Ihnen etwas von meinem Vater geben."

Er sah ihr direkt ins Gesicht und erkannte, wie ähnlich sie Gregor in ihrer Traurigkeit war. Ein Taschentuch tauchte in ihrer Hand auf, darin schien etwas eingewickelt zu sein. Vorsichtig nahm Waldo das Bündel entgegen und lugte, äußerst verwundert, hinein.

„Er ist am Samstag friedlich eingeschlafen, seit dem Tod meiner Mutter wollte er ihr eigentlich nur noch folgen. Vater gab mir aber noch den Auftrag um 12 Uhr mittags zu jener Bank zu gehen, an der er und Mutter sich kennen lernten, und einem gewissen Waldo diese Uhr auszuhändigen."

Waldo gab ihr das Taschentuch zurück und sie betupfte ihre Augen damit. „Und sag ihm", fuhr sie heiser fort, „dass seine Sandwiches schrecklich schmecken, viel zu viel Senf."

Mit Tränen in den Augen sahen sie sich einen kurzen Moment an, um dann haltlos zu kichern. Dann weinten sie, diesmal zusammen und teilten sich dabei das Taschentuch.

„Tee?", fragte Waldo und gemeinsam ließen sie sich auf der alten Bank nieder.

***

Der stille Garten

Liebste Granny Sweet,

ich habe einen Vogel gesehen. Vielleicht ist heute der Tag, der darüber entscheidet, ob die Menschen wie Märchengestalten im Wind der Zeit verwehen, oder ihre Geschichte neu geschrieben wird. Vielleicht kann dieser Vogel uns retten. Draußen ist es still und heiß. Es sind kaum Autos unterwegs, nur wer eine Genehmigung hat, darf noch fahren. Aber wohin? Es ist überall einheitlich trostlos.

Ich schreibe dir wie immer, in meinem Tagebuch, welches wir zusammen auf dem Flohmarkt gekauft haben, das mit den Silberbeschlägen. Sie sind inzwischen dunkel angelaufen, genau wie die alte, verzierte Dose, aus der du mir kleine Zuckerstückchen zu naschen gabst.

Wir saßen im Garten, während die Süßigkeit in meinem Mund prickelte, und du erzähltest mir dieses Märchen, das mit dem Vogel.

Eine Blaumeise war das, glaube ich ... erinnerst du dich?

In dieser Geschichte saß der Vogel aufblühenden Obstbäumen oder in frischen, grünen Hecken, und er war nicht allein.

Es hatte auch andere wie ihn gegeben, in dieser Zeit, in der man Blumen verschwenderisch mit Wasser begoss und sie die Landschaft in sattem Rot und zartem Gelb einfärbten.

Die Gärten müssen bunt und fröhlich gewesen sein, damals, als man Kinder mit dem Gartenschlauch abduschte, nur, um ihr vergnügtes Quietschen zu hören ... als Wasser noch nicht den Wert von Gold besaß und es noch einen Winter gab.

Winter, diese geheimnisvolle Jahreszeit, die ich nie erleben werde. Schnee und Kälte, die ich nie fühlen durfte. In meiner Erinnerung wohnen nur Hitze und Staub.

Zu gerne wäre ich einmal Schlitten gefahren oder hätte erlebt, wie man friert, um dann meine kalten Hände an einer Tasse Kakao zu wärmen.

Aber ich fange an zu träumen, liebste Granny Sweet, es ist ja schließlich deine Geschichte, ausgeschmückt durch Farben, Gerüche und Geräusche.

Deine Geschichte, in der noch Vögel, Schmetterlinge und Musik in deinem Garten wohnten.

Bis heute erschien mir diese Welt weit entfernt, von mir abgeschnitten durch einen tiefen Graben der Jahrzehnte. Nur in einem alten Buch, oder einer verträumten Geschichte zum Leben erweckt.

Bis heute war dein Garten noch still.

Kein Kinderlachen, keine Rasenmäher. Die letzten Büsche sind verschrumpelt und braun, als wären einem Künstler die Farben ausgegangen, oder die Lust am Malen.

Niemand ist gerne draußen. Warum auch? Es ist viel zu heiß und es gibt nichts zu sehen. Aber das weißt du ja schon.

Auch ich habe keine Lust, zwischen den Überresten vergangener Pracht herum zu stehen, ich befürchte, ebenfalls zu vertrocknen. Deshalb zieht es mich nur in den Garten, um deine alte Tradition der Vogelfütterung aufrecht zu erhalten. Denn das, liebste Granny Sweet, ist meine schönste Erinnerung an dich.

Für mich waren es Worte voller Magie, wenn du sagtest: *„Erst wenn kein Meisen Knödel mehr an diesem Rosenbogen hängt, mein kleines Vögelchen, sind wir wirklich verloren!"* Der heiße Wind wirbelte deine silbernen Haare wie tanzende Federn umher, und ich dachte: *Sie ist bestimmt eine Fee, wenn jemals ein Vogel zurückkehren sollte, dann ihretwegen.*

Die geschwungenen Blätter des Rosenbogen trotzen dem Wassermangel mit eisernem Willen, und unter den mitleidigen Blicken unserer Nachbarn, habe ich auch heute einen Meisen Knödel an dem rostigen Metall befestigt.

Dein Versprechen an mich, dass ich immer ein Zuhause haben würde, hier in deinem alten Haus, das nur noch durch Klebstoff aus Vertrauen und Liebe zusammengehalten wird, lässt mich die Tage des Wartens überstehen. Warten auf ein Wunder, oder auf das Unvermeidliche.

Dabei halte ich mein Versprechen an dich. Ich stelle Meisen Knödel her und hänge sie auf, auch wenn jede Kugel ein Stück meiner Hoffnung verschlingt.

In der letzten Woche wurde sogar eine der Kugeln angeknabbert. Da war wohl eine hungrige Ratte am Werk. Im Grunde habe ich das Tier beneidet, ihre Rasse wird überleben, so war es schon immer.

Hätten die Vögel doch auch so viel Glück gehabt, oder die Insekten, oder wir … oder du.

Aber vielleicht ist heute der Tag, liebste Granny Sweet, vielleicht entscheidet sich heute, ob wir noch eine Chance bekommen, oder ob der Planet ohne uns besser dran ist.

Es ist kühl, unter dreißig Grad und nachdem ich am Vormittag mit dem Meisen Knödel fertig war, beschloss ich, Fenster zu putzen. Das Große zum Garten, du weißt, welches ich meine? Die Scheibe sah schon aus, wie eine vergilbte Schatzkarte. Nicht, dass es dort viel zu sehen gäbe, aber es würde mir ein bisschen von dem alten Glanz zurückgeben, den die Welt verloren hat.

Ja, ich weiß, du hättest es niemals so weit kommen lassen, du hattest aber auch noch höhere Wasserrationen zur Verfügung. Heute haben wir einen Reiniger für alles, irgendwas aus Genweizen. Ich schrubbte also gerade das Fenster, als der Meisen Knödel wackelte.

Die grauen Wolken, die schwer am Himmel und über meinem Gemüt hingen, bewegten sich hingegen nicht. Es war völlig windstill.

Verwundert blinzelte ich durch den Teil der Scheibe, den ich bereits freigelegt hatte, und starrte, wie ein Dieb durchs Schlüsselloch in den Garten.

Und da war er! Ein Vogel!

Ich ließ zitternd den Lappen fallen und hielt die Luft an, aus Furcht, das Tier könne zu buntem Staub zerfallen. Sowie das Konfetti, dass du mal an meinem Geburtstag verstreut hattest.

Das kleine Wunder hopste über die Steine der Terrasse und flatterte dann zu deinem Meisen Knödel empor. Seine Füße krallten sich in die fettige Kugel und ein spitzer Schnabel pickte an den wenigen Körnern herum, die ich noch hinzugefügt hatte. Dann klapperte irgendwo ein Fenster und die Illusion verschwand mit schnellen Flügelschlägen.

Eilig öffnete ich die Gartentür und trat auf die Terrasse hinaus. Granny, glaubst du mir, wenn ich dir sage, dass die Luft plötzlich weniger muffig roch, als ich es in Erinnerung hatte?

So leise, wie es mir möglich, setzte ich mich auf die alte Gartenbank. Sie dürfte überrascht gewesen sein, denn ich hatte ihr schon lange keinen Besuch mehr abgestattet. Dafür gab es auch keinen Grund. Ohne dich ist sie nicht mehr so gemütlich.

Schon bald allerdings befürchtete ich, mich geirrt zu haben. Das Fenster war schmutzig, die Wolken sorgten für diffuses Licht und ohne Brille kann ich nicht mal die Namen an unserem rostigen Briefkasten erkennen.

Als meine Aufregung bereits, wie ein Tropfen Wasser verdunstete, kam der erste Nachbar herangeschlichen.

„Hast du das auch gesehen?" Harry Jäger blickte über den Zaun. Überraschung und Zweifel blitzten abwechselnd in seinem Gesicht auf, wie bei einer defekten Leuchtreklame.

„Ja", bestätigte ich nickend, „ich habe auch etwas gesehen. Sah aus wie ein Vogel."

„Pff, Vogel. Du klingst schon wie deine Großmutter." Hell blinkte nun wieder der Zweifel in ihm auf. „Es hat hier seit Jahren keine Vögel mehr gegeben. Wo soll der denn auf einmal herkommen!" Das war eine Feststellung, keine Frage.

„Woher soll ich denn das ...", begann ich und dann war der Vogel wieder da!

Du hast es gewusst, liebste Granny Sweet, nicht wahr? Warum hätten wir sonst, Jahr für Jahr, diese fettigen Kugeln aufgehangen?

In halsbrecherischer Manier sauste das gefiederte Geschöpf heran, hängte sich an deinen Meisen Knödel und bearbeitete hektisch die runde Köstlichkeit, bis ein Aufschrei ihn erneut verscheuchte.

„Da wird ja der Hund in der Pfanne verrückt … ist das etwas ein VOGEL?"

Helga Schmuda kam herbeigeeilt und schrie das Wort *Vogel* in einer Frequenz, die mich um meine saubere Scheibe fürchten ließ.

Überraschenderweise kehrte der fliegende Besucher dennoch zurück, und wir bestaunten ihn mit offenen Mündern. Gäbe es noch Fliegen oder Mücken, wir hätten sie verschluckt.

Du würdest bestimmt wissen, um was für einen Vogel es sich handelt, der nun wieder in deinem Garten wohnt. Er hat ein blaues Köpfchen und seine Federn sind gelb und grau gesprenkelt. Wie wunderschön er ist!

Warum habe ich dir auch nicht besser zugehört? Meinst du, es könnte die Blaumeise aus deinem Märchen sein? Jetzt rollst du bestimmt mit den Augen, weil ich mich nicht erinnere. Aber, ist es nicht ein Vorrecht der Jugend, das Alter und dessen Weisheiten, als ein wenig närrisch zu erachten?

An diesem Nachmittag kamen immer mehr Menschen aus ihren Häusern. Der kleine Vogel ließ sich kaum noch stören.

Tische Bänke und Stühle wurden angeschleppt und jeder holte eine kleine Leckerei aus dem Haus. Alle gaben ein bisschen von ihrer Wasserration in eine kleine Schüssel, die wir unter den Rosenbogen stellten und aufgeregt sahen wir zu, wie das Vögelchen die kostbaren Tropfen genoss. Heute Vormittag war dein Garten noch still, liebste Granny Sweet. Heute Nachmittag ist er erblüht. Es sind nicht die duftende Rosen aus deinen Geschichten, sondern die Stimmen und das Lachen der Nachbarn, die ihn bunt eingefärbt haben. Jeder fragte nun nach deinem Meisen Knödel-Rezept, um dem kleinen Vogel zurück zu geben, was er uns heute schenkte. Etwas, was, zusammen mit dem Wasser und dem Lachen verschwunden war: Hoffnung!

***

Der leere Bus

Ich bin kurz vor'm Durchdrehen. Unsere
Dorfsheriffs haben sich mächtig Zeit
gelassen, um hier aufzutauchen. Einer von
ihnen sieht aus, wie eine Bulldogge und steigt
schon mal in den Bus, um darin alles zu
untersuchen. Der zweite Beamte, er gleicht eher
einem Windhund, um bei Caniden - Vergleichen zu
bleiben, nimmt in aller Ruhe Stift und Block zur
Hand. „Nun, erzähl mal der Reihe nach, mein
Junge." Gelangweilt sieht er mich an.
*Ey, Alter, mir wäre es auch lieber gewesen, heute
im Bett zu bleiben.* Das ist es, was ich denke, sage
dann aber, was er hören möchte, damit sich die
Sache hier vielleicht doch noch schnell aufklärt.
„Hans Dohle ist der Fahrer unseres Schulbusses.
Er ist immer sehr pünktlich und war noch nie
krank. Bis heute." Der Bulle gähnt lustlos, für sich

genommen ist das natürlich kein denkwürdiges Ereignis. Schließlich ist der Schulbus da, wo er hingehört. Er steht mit geöffneten Türen an meiner Haltestelle, wie ich es seit drei Jahren gewohnt bin. Allerdings sollte Hans Dohle hinter dem riesigen Steuer warten und mir wie immer ein: *'Hier drin wird nicht gegessen!'* entgegen knurren.

Doch sein Sitz, in dem sich sein imposanter Hintern schon einen ganz persönlichen Abdruck durch die Polsterung gefressen hat, ist nicht besetzt.

Ich steige in den Bus, um zu sehen, ob die *dicke Dohle*, wie wir ihn gerne nennen, vielleicht im hinteren Teil Kaugummis von den Sitzen kratzt. Aber auch da ist niemand zu sehen. Vielleicht ist er nur mal für dicke Busfahrer, denke ich mir, und setze mich in die erste Reihe. So ein leerer Bus ist schon eine seltsame Sache. Als wir nachts auf dem Friedhof Pott geraucht haben, war es ähnlich.

Als wäre noch jemand da, aber körperlos, nur als Fingerabdruck. Ich bekomme Gänsehaut. Mike müsste gleich noch angerannt kommen. Schon ungewöhnlich, denn er ist sonst immer vor mir da, genau wie Hans Dohle.

Ungefähr zehn Minuten sind vergangen und ich bleibe allein in dem Bus. Ich bin zwar nicht besonders scharf darauf, in die Schule zu kommen, aber langsam wird mir mulmig. Daher beschließe ich wieder auszusteigen und dabei entdecke ich, dass der Schlüssel im Zündschloss steckt.

„Tja", der Windhund kratzt sich am Kinn, „du würdest nicht glauben, wie viele Leute sich einfach so aus dem Staub machen, häufig spontan, völlig kopflos." Jetzt sieht er aus, als hätte er das für sich auch schon in Betracht gezogen.

„Und was ist mit Mike? Hat er sich dem Dohle einfach angeschlossen? Die sitzen jetzt mit ihren Hawaii Hemden und ´ner Flasche Bier im

Regional Express nach Bottrop, oder wie muss ich mir das jetzt vorstellen?"

„Na, na, na, nicht frech werden, Bürschchen!"

Zumindest wird der Bulle nun langsam wach.

„Wir finden schon heraus, wo die beiden sich aufhalten. Ist ja schließlich unser Beruf, ha. Nicht wahr!?" Er greift sich mit den Daumen in den Gürtel und macht eine wippende Bewegung mit Hüfte und Füßen.

Ich stelle fest, Beruf hin oder her, der Typ hat keinen blassen Schimmer.

„Was´n mit Ihrem Kollegen, kommt der da auch noch mal wieder raus?"

Dem Polizisten scheint es nun auch aufzufallen; es dauert schon recht lange, das Fahrzeug zu durchsuchen. Ist ja kein Kino, nur ein Schulbus. Wir schlurfen nach vorne, steigen durch die geöffnete Klapp Tür und suchen die Sitzreihen ab. Der Bus ist leer und der Windhund plötzlich sehr nervös.

„Constantin?" Jetzt zieht er seine Waffe, was mir seltsam vorkommt, ist ja keiner hier, auf den er schießen könnte.

„Raus hier, sofort!" Jetzt wirkt er gar nicht mehr schläfrig und schubst mich rückwärts aus dem Bus. Draußen umrundet er das Fahrzeug und schreit weiter nach seinem Kollegen, der aber nicht auftaucht.

Ich weiß ja, es ist dumm, aber ich kann es nicht lassen. „Meinen Sie, der hat jetzt spontan auch ein Hawaii Hemd an?"

Aber der Bulle hört mir schon gar nicht mehr zu. Er sitzt im Auto und funkt nach Verstärkung, während ich mir den Bus nochmal genauer anschaue. Irgendwas ist anders. Der Bus, der mich seit Jahren meinem Abitur näherbringt, ist zwar auch rot, und sieht diesem hier sehr ähnlich, aber mir geht auf, dass es Unterschiede gibt. Über dem Reifen fehlt ein Graffiti, dafür sehe ich eine Beule, die bestimmt nicht die dicke Dohle zu verantworten hat. Nun bin ich echt verwirrt. Klar, der andere Bus, mein Bus, könnte ja kaputt gegangen sein, dann hätte man ein Ersatzfahrzeug gebraucht. Ich schaue nach oben zu den Fenstern und erstarre zu Eis. Meine Muskeln schwanken zwischen völligem Stillstand und blindem Aktivismus. Im hinteren Busfenster sehe ich Mike. Er starrt mich mit weit aufgerissenen Augen an, den Mund zu einem Schrei geöffnet, den ich nicht hören kann. Seine Handflächen sind an die Scheibe gepresst, als wolle er sie aufdrücken.

Ich habe nur noch Eiswürfel im Kopf, will den Windhund rufen, aber meine Stimme hat ebenfalls keine hörbare Frequenz.

„Mike?" Flüsternd trete ich so nah an die Scheibe, wie meine Füße es erlauben. Alter, nie wieder Pott! Oder Zombie Serien!

Der Bulle taucht hinter mir auf.

„Gleich kommen noch Kollegen aus..." Er bleibt wie angewurzelt stehen. „Wie ist denn das..." Das

Gesicht von Mike ist wieder verschwunden. Ehe ich noch eingreifen kann, rennt der idiotische Sheriff nach vorne und steigt in den Bus. Er glaubt immer noch an einen dummen Scherz. Das muss er, was sollte er wohl sonst in seinen Bericht schreiben? Geisterbus verschluckt ein halbes Dorf? Ich sehe benommen zu, wie er erneut den ganzen Innenraum durchsucht. Aber es ist niemand da.

Wir warten auf die Verstärkung, aber mir wird klar, für DAS hier, ist keiner von denen ausgebildet. Es werden ein paar unbeholfene Nachforschungen angestellt, die aber weder Mike noch den Busfahrer von dort zurückholen können, wo sie jetzt sind.

Der Bus ist wirklich nicht der von Hans Dohle. Sein Fahrzeug hatte einen platten Reifen, und da hat er sich den einzigen Ersatz genommen, der verfügbar war. Er wollte nicht zu spät kommen! Außer ihm, wollte keiner mehr dieses Ding fahren, denn vor fünf Jahren hatte irgend so ein geistesgestörter Jugendlicher eine Waffe gezogen und Geiseln genommen. Es starben drei Menschen in diesem Bus. Ein Schüler, ein Polizist und der Busfahrer.

***

Tödliche Quarantäne

Liebes Tagebuch,

Urlaub mache ich nicht so schnell wieder. Nun muss ich erkennen, dass es wohl nicht reicht, sich impfen zu lassen, dabei war das ganz schön teuer. Vielmehr ist gegen das Leben an sich, noch kein Impfstoff erfunden worden. Es bleibt am Ende tödlich.

Heute ist der dreizehnte Tag der Quarantäne. Mein Mann hat es nicht überlebt. Dabei ist er nicht mal an dem Virus gestorben. Ich habe ihn gerade umgebracht, aber dazu komme ich später.

Draußen ist es nicht so schön. Es stürmt und dicke Hagelkörner donnern auf meine Hornveilchen nieder. Sie liegen mit zerquetschten Köpfen auf dem Boden, genau wie mein Mann.

Zum Glück haben wir genug Essen und Klopapier. Das war noch eine seiner wenigen Glanzleistungen, dass mein Gerd noch so viel eingekauft hatte.

Natürlich hatte er nicht an meine Lieblingspralinen oder an Kartoffeln gedacht, aber immerhin gibt es hier genug Klopapier und Bier. Ersteres werde ich brauchen, wenn ich mit dem Bier fertig bin.

Ein paar Suppen und Knäckebrot sind auch noch übrig und bald ist es ja ohnehin vorbei.

Natürlich hatte ich als ordentliche Hausfrau eine gut gefüllte Gefriertruhe, aber das Gulasch und den Grünkohl wollte er zuerst serviert bekommen, mein Gerd.

Werde ich ihn vermissen? Irgendwie schon. Ob ich ohne ihn schlafen kann? Fünfzig Jahre nächtliches Furzen und Schnarchen, an so etwas gewöhnt man sich ja schließlich irgendwie.

Es wird nun wohl ziemlich still sein … aber vielleicht ist das ja auch mal ganz schön.

Ich kann jetzt den Fernseher etwas leiser stellen, ich bin schließlich noch nicht so schwerhörig wie der Gerd. Und die Sendung kann ich mir auch wieder aussuchen. Sport hängt mir zum Hals raus. Die Fußballer sind ja auch nicht mehr, was sie mal waren. Früher hatten die wenigstens noch Schneid und haben Tore geschossen. Heute kriegen die ja nicht mal einen kompletten Satz zustande, ohne zu stottern, und genauso spielen die auch Fußball. Vielleicht ein alter Film?

Ich muss sowieso mal sehen, wie das nun weiter geht. Wenn ich den Gerd nur in den Keller kriegen könnte. Der liegt da im Wohnzimmer ganz schön im Weg. Vielleicht sollte ich ihn einfach in den Teppich einrollen, der ist sowieso hinüber. Also der Teppich. Merken wird das wohl keiner. Bisher hat uns ja auch niemand vermisst.

Einmal hat es in den zwei Wochen geklingelt. Das war so ein Botschafter irgendeiner religiösen Sekte. *'Heuschrecken, Pestilenz und ewiger Regen.*

Gott straft unsere Sünden. Das ENDE naht!`,
verkündete mir der Mann. Was Gerd angeht, hatte
er wohl recht. Aber ansonsten?

Es gab ja Zeiten, da habe ich mir das Ende
gewünscht. Als ich im Krankenhaus lag, weil dem
Gerd die Hand wieder ausgerutscht war. Mein
Gesicht sah aus, wie ein Bild von diesem Dali.
Nichts war noch an Ort und Stelle.

Aber das habe ich überstanden, das Ende war
trotzdem nicht in Sicht. Auch als ich erfuhr, dass
der Gerd seine Überstunden mit Karin Fritsch
verbrachte, und das nicht mal im Büro, war Gott
nicht gewillt über Gerds Sünden nachzudenken.
Ich glaube sowieso nicht, dass Gott so viel Zeit
hat. Die Menschen haben einen freien Geist von
ihm bekommen und einen Ehemann. Sollten sie
doch zusehen, wie sie mit beidem zurechtkamen.
Wer weiß schon, wie es mit eigenen Kindern
geworden wäre. Ich befürchte ja, er hätte sie auch
geschlagen. Kinder sind laut und schmutzig und

beides konnte Gerd nur ertragen, wenn er es selbst verursachte.

Doch tief in mir flüstert es manchmal. Vielleicht hätte ich mit einem Kind den Absprung geschafft. Wo ich mich nicht schützen konnte, hätte ich mein Kind beschützt. Es hätte uns beide retten können. Und Gerd.

Ach, was soll´s. Nun war er ja schon alt und schwerhörig, der Gerd. Viel hat er vom Leben nicht mehr gehabt und als er eine Glatze bekam, war auch von Karin Fritsch nichts mehr zu sehen. Schade eigentlich, sie hätte mir mit dem Teppich helfen können.

Meine Lippe blutet schon wieder. Gerd hatte der Grünkohl nicht geschmeckt. Eine Weile hätte ich das noch ertragen. Doch zwei Wochen, jede Minute mit ihm eingesperrt zu sein … das hat mich jetzt doch ziemlich genervt. Deshalb musste eine von den Bierflaschen dran glauben. Sie war noch voll und daher besonders effektiv.

In Filmen zerbrachen die Flaschen ja immer, wenn Bud Spencer sie jemandem über den Kopf zog. Und danach standen die Leute auch immer wieder auf, um sich erneut schlagen zu lassen.

So wie ich.

Aber die Bierflasche war nicht zerbrochen, und Gerd auch nicht wieder aufgestanden. Ich sollte mir einen Bud Spencer Film ansehen, der Terence Hill hatte ja so schöne blaue Augen. Meine Freundin Triene behauptete ja immer, die seien nicht echt gewesen. Mir war das egal, ich fand den Terence Hill immer hübsch. Arme Triene, sie fehlt mir.

Heute wäre sie stolz auf mich, sie hat immer gemeint, ich müsse den Gerd verlassen. Vielleicht treffen die Beiden sich irgendwo, dann kann er es ihr selbst erzählen.

Wobei, wenn es eine Hölle gibt, dann lande ich da ja wieder mit Gerd. Ich weiß nicht genau, wie Gott das so findet, wenn man Ehemänner mit vollen

Bierflaschen traktiert. Schade, der Mann, der hier geklingelt hat, schien sich mit dem Wort Gottes gut auszukennen. Ich hätte ihn fragen sollen.

Auf der anderen Seite habe ich meine andere Wange ja lange und oft hingehalten. Vielleicht bekomme ich dafür ein paar Bonuspunkte.

Wenn nicht, habe ich ein Problem. Es ist ja nicht so, dass nur der Gerd im Fegefeuer warten würde. Meine Schwiegermutter lauert dort sicher auch schon geduldig. Sie war immer der Meinung, dass ich dort landen müsse, zum Beispiel, weil ich den Grünkohl für Gerd nicht genauso kochte, wie sie es tat.

Das wäre schlimm, ich habe doch extra dafür gesorgt, dass sie aufhört an mir herum zu meckern. Ich finde, wenn man auf die Pflege der Schwiegertochter angewiesen ist, sollte man nicht so viel Wert auf alte Kochrezepte legen. Aber da ich die Welt von einem alten Drachen und einem Schläger befreit habe, hoffe ich doch noch auf den

Sündenerlass. Man kann ja nie wissen … war Gott eigentlich schon mal verheiratet?

Wenn ja, wird er mich sicher verstehen, und ich brauche mir keine Sorgen machen.

Dann bleibt also nur noch der Teppich, und Gerd. Ich könnte das elektrische Messer nehmen, das meine Schwiegermutter mir zu Weihnachten geschenkt hat. Mit einem normalen Messer konnte ich ihr die Bratenscheiben nicht ordentlich genug schneiden. Nun, für ihren Sohn war das doch perfekt. Oh, es klingelt …

Liebes Tagebuch,

tatsächlich ist die Quarantäne nun vorbei. Der Hausarzt von Gerd war an der Tür, um nach ihm zu sehen. Ich habe dem Doktor ein Bier angeboten. Nur gut, dass mein Gerd zuerst die ganzen eingefrorenen Gerichte essen wollte. Sonst hätte ich wohl kaum ausreichend Platz in der Truhe ...

***

Überleben im Supermarkt

Es ist so weit. Ich habe es lange genug aufgeschoben, Ausreden erfunden, die Notwendigkeit mehrmals überprüft. Zwei Tage lebe ich bereits von krümeligem Brot und einem Glas veganem Aufstrich. Ein paar Möhren in einem Korb schrumpeln dem Tod entgegen, eine braune Banane neben ihnen wundert sich, dass sie dafür nun so weit gereist ist.

Nachdem selbst die kleine Maus, mit der mich eine jahrelange Freundschaft verband, gestern ausgezogen ist, wird mir klar, dass ich Einkaufen muss.

Dazu muss ich mich nun erst mal anziehen. Mir persönlich würde es nichts ausmachen in einer verbeulten, grauen Jogginghose Lebensmittel zu besorgen, aber die Etikette schreibt eine nicht zu legere Bekleidung vor, wenn man das Haus verlässt.

Kurze Zeit später biege ich auf den Parkplatz einer bekannten Supermarktkette ein und schnappe meinem alten Nachbarn, Herrn Koschnitzke und seinem dicken Mercedes, den Parkplatz weg. Er hätte sowieso nicht reingepasst. Der Dackel auf der Hutablage wackelt mich wütend an und ich springe schnell aus dem Auto, bevor er aussteigt und mir mit seinem Gehstock eine verpasst. Hastig wühle ich in meinem Geldbeutel, aber dort befindet sich natürlich keine einzige Münze und auch kein Chip. Womit soll ich mir nur einen Schubwagen mit Drahtkorb und vier selbst lenkenden Castorrädern zu eigen machen? Mir bleibt nur mein Charme! Ein junger Mann bringt gerade seinen Wagen zurück und durch Stöhnen und Seufzen mache ich auf mich aufmerksam. Es funktioniert! Nach zwei Augenaufschlägen und einem gehauchten ´ich brauche Hilfe´, gehört mir seine

Telefonnummer und sein Einkaufswagen, inklusive Chip.

War doch ganz nützlich die Jogginghose auszuziehen, obwohl...nun bemerke ich auch die Abwesenheit des Einkaufszettels. Na, wird auch ohne gehen, ich weiß genau, was ich alles aufgeschrieben habe, z.B. Käse für die Maus. Endlich betrete ich den Supermarkt und renne in eine Wolke aus Gerüchen und Lärm. Ein Kind brüllt sich gerade ins Koma. Gerne möchte ich rüber schreien: `Los, Muttern! Nun kauf' schon das blöde Überraschungsei für deine Göre!`, aber die Mutter zeigt sich vorläufig konsequent. Mein erbeutetes Gefährt benimmt sich ebenso, eines der selbst lenkenden Castorräder fährt nämlich konsequent nach links, ein Individuum in einer Zweck- gebundenen Gruppe - Respekt!

Ziellos irre ich durch die Gänge, wobei mich nach wie vor die Schreie des Kindes verfolgen. Ich kann nicht fassen, dass es noch atmet. Nach zehn

Minuten habe ich den Wagen halb voll mit unsinnigem Zeug, wie Backmischungen, Grillsaucen und Tiefkühlpizza. Ordentlich Glutamat, E.-Stoffe und bunter Kram aus dem Chemielabor, meine Mutter würde durchdrehen. Aber mal ehrlich, BIO ist doch kaum zu bezahlen und bei dem Versuch ohne Plastik einzukaufen, bin ich schon mal fast verhungert.

Was stand denn bloß noch auf dem Zettel? Ich erinnere mich an Kartoffeln und Milch und fahre erst mal zu den Süßigkeiten.

Aus lauter Rachsucht lade ich mehrere Überraschungseier in den Wagen und lasse mich noch von anderen bunten Aufdrucken verführen. Wenn ich diese grünen Gummikringel heute Abend esse, fallen mir bestimmt morgen die Haare aus. Als ich noch überlege, ob Mäusespeck wohl mein kleines Haustier zurückholen würde, kommt es im Gang gegenüber zu einem Tumult.

Ich unterbreche meinen Zuckerrausch, denn Sensationsgier ist eindeutig stärker als der Lockruf von Schokolade. Der Wagen mit dem Kind, es hat mittlerweile eine sehr ungesunde Gesichtsfarbe angenommen, und Herr Koschnitzke sind aneinandergeraten. Bei dem Versuch sich den Weg mit stalinistischer Gewalt zu ebnen, hat sich sein Krückstock gnadenlos im Einkaufswagen des kleinen Monsters verheddert, während die Mutter den Abstand zu ihrem Welpen zu stark vergrößert hat. In der Natur wäre die Göre nun bereits hinüber. Wobei... Herr Koschnitzke ist auch nicht so ganz ungefährlich, und dann geht's auch schon richtig los.

„Was stellen Sie denn ihren Wagen hier so mitten in den Weg, sie dusselige Kuh!" Die donnernde Stimme des alten Mannes bringt sogar das Kind kurz zum Schweigen, eigentlich sogar den ganzen Supermarkt. Während seine Gesichtsfarbe sich kohärent zu seinem Blutdruck verhält, zerrt und ruckelt er immer noch an seinem Stock, um ihn aus dem fremden Wagen zu befreien.

„Bitte passen Sie doch auf, Sie verletzen ja noch mein Kind!" Die Mutter versucht nun ebenfalls den Stock aus dem Metallgeflecht zu entwirren, während Opa weiter brüllt: „Keine Rücksicht auf Andere, blödes Hippie Volk, und das Balg hier? Wohl antiautoritär erzogen, was? So wie das hier die ganze Zeit rumplärrt!"

Ein bisschen recht hat er ja, denke ich mir so und schwups, hat die Mutter auch schon den Gehstock aus dem Draht getüddelt.

„Gehen Sie bitte einfach weiter, bevor ich mich vergesse!", presst die Frau zwischen ihren Zähnen hervor.

Das tut der Koschnitzke dann auch, denn er hat mich entdeckt: „HEY, SIE!"

Obwohl sie vermutlich meine DNA neu codieren werden, lasse ich erschrocken die grünen Kringel in meinen Korb fallen und eile davon. Um meine

Spuren zu verwischen renne ich nicht auf direktem Wege zur Kasse, sondern schlage mehrere Haken. Am Ausgang angekommen, schmeiße ich schnell den ganzen Kram auf das Band. Das war überflüssig, wie sich zeigte, denn schnell, das geht an einer Kasse einfach nicht! Ganz im Gegenteil, je eiliger man es hat, desto länger dauert es. Vor mir zahlt ein magersüchtiger Kunststudent seine Ananas mit Cent Stücken, als auch schon die Papierrolle für den Kassenzettel leer ist. Ich befürchte lebenslange Sicherheitsverwahrung in einem Supermarkt, zusammen mit meinem Nachbarn, der mich ewig durch die Kühlregale jagt, während er schreit: *'Eins ihrer Räder ist ein Hippie, es hat eine linke Gesinnung'*.

Endlich bin ich dann doch mit Bezahlen dran und so rolle ich meine Beute schnell zum Auto. Haha, der alte Sack würde mich nicht mehr einholen. Alles in allem bin ich zufrieden, ich habe nicht nur neue Nahrung, ich habe auch überlebt. Das kurze

Glücksgefühl weicht nun allerdings blankem Entsetzen. Der Alte hat mich doch tatsächlich eingeparkt, vor mir die Hauswand, hinter mir ein dicker Mercedes. Kleine Sünden bestraft der liebe Gott sofort, denke ich so an die Worte meiner Omi und da ich ja sowieso gleich tot sein werde, setzte ich mich auf Koschnitzkes Motorhaube und öffne die Tüte mit den grünen Gummidingern.

***

Abschied von einem Kind

Leise öffnete er die Tür. Die Klinke wackelte in ihrer Aufhängung und die Scharniere gaben ein quiekendes Geräusch von sich. Das taten sie schon lange, aber sie wurden nie geölt, da es seinen Eltern anzeigte, ob er sich aus dem Haus schleichen wollte. Jetzt brauchte er nicht mehr zu schleichen, denn nun war er zwanzig Jahre alt, längst volljährig und überhaupt, total unabhängig... zumindest würde er es in wenigen Stunden sein. Er atmete tief durch und, mit einem kleinen Umzugs Karton in der Hand betrat er noch einmal sein altes Zimmer. Reflexartig griff seine rechte Hand zum Schalter an der Wand. Eigentlich brauchte er kein Licht, er

kannte jeden Quadratzentimeter seiner Kindheit und im Gegensatz zu seiner Mutter war er nie auf versprengte Legosteine getreten. Doch nun gewährtem ihm die Deckenstrahler einen besseren Blick auf den dämmrigen, schon fast leeren Raum. Nicht irgendein Raum, dachte er sich, es war für viele wundervolle Stunden SEIN liebster Ort gewesen. Geburtsstätte chaotischer Fantasien und Abenteuer, wie sie nur ein Kind erdenken konnte, denn nirgendwo sonst besiegten Gummibärchen eine Armee von UFO´s, nur um gleich danach von Dinosauriern verspeist zu werden. Der Luftzug hatte ein paar Staubflocken aufgescheucht, die nun auf dem Fußboden im Kreis tanzten. Sein Blick glitt über die Wollmäuse und eine der vielen Narben, die er dem rustikalen Holz zugefügt hatte. Er erinnerte sich an jede Verletzung, als wäre es seine eigene gewesen. Eine ringförmige Einkerbung war einem Meteoriteneinschlag zu verdanken, den er mit kleinen, spitzen Steinen aus dem Garten nachgestellt hatte. Eine andere Schramme hatte ein Fluchtfahrzeug ohne Bereifung hinterlassen, doch die Polizei hatte obsiegt.

Grinsend angelte er nach Mr. Froggy, der unter dem Bett einige Zeit mit den Wollmäusen verbracht hatte. Seine Nase tief im Fell des flauschigen Frosches vergraben, der auch schon grünere Tage gesehen hatte, sog er den zarten Duft von Erdbeermilch ein. Wenn er seiner Mutter glaubte, dann hatte er schon so gerochen, seit er ein Baby war und sie ihm Geschichten von gefräßigen Raupen und kleinen Rittern erzählt hatte. Doch er roch auch große Träume und den Wunsch nach Freiheit und wie so oft in den letzten Wochen, hoffte er, seine Entscheidung wäre die richtige. Noch konnte er zurück und in die in die Geborgenheit des kuscheligen Bettes kriechen, umgeben von verblassenden Aufklebern längst verblasster Fußballstars.

Nur ein oder zwei Nächte vergessen, was vor ihm lag. Aber konnte es dieses Gefühl je wieder für ihn geben? Würden auch andere Orte seinen Fingerabdruck tragen, würden sie nach ihm riechen oder ihm so viel Platz für Träume bieten? Oder bestand die Möglichkeit, dass ein Stück von ihm, der kindliche, unschuldige Teil seiner Seele für immer hierbleiben musste, nicht fähig, in einer anderen, größeren Welt zu überleben? Der große Nussbaum vor seinem Fenster schien vor Belustigung in Bewegung zu geraten oder wurde er vom Wind bewegt?

Die untergehende Sonne schickte noch ein paar letzte Strahlen durch das Laub und als hätten sie ihn, wie all die Jahre zuvor, aus einem tiefen Schlaf geweckt, erhob er sich energisch. Den kleinen Jungen in blauen Latzhosen gab es nicht mehr. Er war so weit, das vertraute Gefühl der Abenteuerlust war zurück, es würde keinen besseren Zeitpunkt geben, um erwachsen zu werden. Entschlossen trat er zur Tür, hielt aber kurz inne und bemerkte, dass er Mr. Froggy immer noch mit der linken Hand umklammert hielt. Der wehmütige Ausdruck auf seinem Gesicht wich nun einem breiten Grinsen und flüsternd wand er sich an seinen alten, zerknautschten Weggefährten, „Weißt du, mein grüner Freund, wir haben nun unsere erste, eigene Wohnung. Sie ist nicht so groß wie dieses Haus hier, aber für dich finden wir auch noch ein Plätzchen."

Mr. Froggy nickte zustimmend und so zogen sie, nicht zum ersten Mal, zusammen in ihr größtes Abenteuer.

***

Gefährliche Comics

Jörgensen grüßte Klaus, den Pförtner, zum Abschied mit einem kurzen Winken.

Er hatte wohl bemerkt, dass der Mann einen Pizzakarton hinter dem Tresen verschwinden ließ, als Jörgensen die Lobby betrat.

Wie konnte ein vernünftiger Mensch so einen Dreck als Nahrung bezeichnen? Vor allem, wenn man schon die Ausmaße eines Buckelwales erreicht hatte...

Der dicke Pförtner arbeitete hier schon länger als Jörgensen, und das sollte wirklich was heißen, immerhin hatte er selbst hier als Lehrling begonnen, und durch Disziplin und Zuverlässigkeit war er heute Chefbuchhalter. Sein Vater wäre wohl stolz auf ihn gewesen: „Disziplin und Zuverlässigkeit, mein Sohn! So gleitest du immer auf den Schienen des Erfolges dahin, wie unsere gute deutsche Eisenbahn!"

Nun, das war schon ein paar Jahre her. Sein Vater war tot und deshalb schon länger nicht mehr mit der Bahn gefahren.

Jörgensen fuhr sowieso lieber mit dem Bus, und genau wie Klaus ihn täglich zuverlässig verabschiedete, warteten hier seit Jahren die ewig gleichen Menschen auf den Bus.

Da war die dicke Frau Schneider, die immer ein Kopftuch trug, egal, wie heiß es auch sein mochte. Dann waren da noch zwei Afrikaner, die, obwohl sie beide Kopfhörer trugen, immer eifrig miteinander schwatzten.

Jörgensen sprach nie mit jemandem. Frau Schneider versuchte es einmal, doch da Jörgensen keinerlei Unterhaltungswert an den Tag legte, gab sie schnell wieder auf.

Dafür war er dankbar. Es war ja nicht so, dass er nicht reden wollte, er hatte nur einfach nichts zu erzählen. Sein Leben war klar strukturiert, er ernährte sich gesund, erledigte morgens und abends ein paar Leibesübungen, ging arbeiten und las seine Zeitung. Er bezweifelte, dass Frau Schneider in ihm einen interessanten Zeitvertreib finden würde.

Die Linie Sechzig kam angerauscht, und ebenfalls seit Jahren, saß Willy Otten am Steuer. Er war der einzige, mit dem Jörgensen ein kleines Ritual teilte.

„Schöner Abend heute", sagte Jörgensen.

„Soll aber noch regnen", gab Otten zurück. Ein kurzer Austausch über das Wetter, damit war der Pflicht genüge getan.

Jörgensen wollte sich auf seinen Fensterplatz setzen, dessen Stoff von jahrelangem Transport gelangweilter Seelen ebenfalls stumpf geworden war, aber auf dem Sitz lag schon etwas. Derart aus seiner Gewohnheit gerissen, blieb er stehen und begutachtete das Ding, das heute unerwartet seinen Sitz beanspruchte.

Der Bus fuhr hopsend an und brachte Jörgensen nun auch körperlich aus dem Gleichgewicht. Um nicht zu stürzen, griff er nach dem Knäuel und ließ sich auf das Polster plumpsen. Das Ding in seiner Hand stellte sich als eine Zeitung heraus, genauer gesagt als ein Comicheft. Jörgensen überlegte, wann er wohl zuletzt ein Comic gelesen hatte. Seine Mutter hatte es ihm verboten, denn sie war der Meinung, Comics seien der Untergang der Literatur.

Nun hielt er also den Grund für die steigende Zahl von Analphabeten in der Hand? Sollte er einen Blick riskieren? Seine Mutter war tot. Er konnte sie nicht mehr enttäuschen, zudem hatte er Arztroman – Heftchen in ihrem Nachttisch gefunden. Auch nicht gerade literarische Edelsteine.

Jörgensen sah sich verstohlen im Bus um, aber es schien ihn niemand zu beachten.

Ein wenig angeekelt, aber dennoch von kindlicher Neugier gepackt, betrachtete er das Cover. `Angriff der *Todespflanzen*` stand da in dunkler Horrorschrift.

Eine riesige, grüne Schlinge hatte sich um einen muskulösen Mann mit blauem Hosenanzug gewickelt. Er schien mit der Pflanze zu kämpfen und ließ gelbe Blitze auf das Monster los. Jörgensen hatte keine Pflanzen zu Hause, er hatte keine Lust auf krümelige Erde und verwelkte Blätter auf dem Teppich. Wenn er dem Comic glauben konnte, war das wohl eine gute Entscheidung. Verstohlen blätterte er die erste Seite auf. Gleich in dem ersten Bildchen zeigte ein zerzauster Wissenschaftler ein diabolisches Grinsen, während er mit einer Pipette eine giftig aussehende Flüssigkeit auf ein kleines Blümchen träufelte. Jörgensen wunderte sich gerade, dass

Wissenschaftler nie ihre Frisör - Termine einhielten, als etwas neben ihm an das Busfenster klatschte.

Der Bus kippte leicht zur Seite, fing sich aber gerade noch. Otten machte eine Vollbremsung und nach ein paar rasanten Schlingern kam das schwere Gefährt zum Stehen. Jörgensen hatte es auf den Platz am Gang geschleudert, und wieder einmal war er froh allein zu sitzen. *Nichts wie raus hier* war sein nächster Gedanke, als es auch schon eine erneute Erschütterung gab.

Jörgensen sah gerade noch einen Fangarm, der sich um den Bus wickelte, als er auch schon endgültig auf dem Gang landete. Als nächstes flogen die beiden Eingangstüren auf, und grüne, baumdicke Wurzeln schlängelten sich in den Innenraum. Frau Schneider schrie aus Leibeskräften. Den beiden ewig schnatternden Afrikanern hatte es indes die Sprache verschlagen. Ein Arm der gigantischen

Schlingpflanze griff sich Otten und zog den hilflosen Fahrer durch die Vordertür nach draußen. Jörgensen rappelte sich auf und verkroch sich in die hinterste Reihe des Busses. Dort schielte er durch das Fenster und beobachtete, wie die Riesenpflanze versuchte, Otten in ihr, mit kleinen spitzen Zähnen besetztes Maul zu schieben. *Auch noch eine von den fleischfressenden Dingern*, dachte Jörgensen verwundert, als ein Blitz vom Himmel krachte und die blumige Mutation mitten auf die Stirn traf. Absender war ein fliegender muskulöser Mann in einem blauen Hosenanzug, der mit seinen Händen Blitze verschießen konnte. Otten war glücklicherweise nicht verschlungen, sondern in ein Gebüsch geschleudert worden, wo er ohnmächtig liegen blieb oder sich vernünftiger Weise einfach totstellte.

Während außerhalb des Busses ein wüster Kampf entbrannte, zog Jörgensen in seiner Ecke den Kopf ein. Vielleicht war das der Grund, warum er keine

Comics lesen durfte. Er hatte versteckte Fähigkeiten. Er las ein Comic und die Geschichte wurde Wirklichkeit. Hatte seine Mutter das gewusst? Durfte er deshalb als Kind keine Heftchen lesen? Nicht auszudenken, wenn er King Kong gelesen hätte…

Sollte das nun sein Ende sein? Tod durch Killerpflanzen?

„Ich wünschte, ich hätte vorher doch mal so eine Pizza probiert", dachte er laut...

Woran er aber nicht gedacht hatte, war das große Heckfenster in seiner Nähe. Eine der grünen Tentakeln schlug die Scheibe ein und Jörgensen wurde durch wirbelnde Scherben nach draußen gezogen. Scheinbar hatte der Mann ohne Frisör mehr als eine Pflanze erschaffen. Als Jörgensen auf das eklige Maul des Monsters zu schwebte, passierte tatsächlich das, was alle immer behaupteten. Sein ganzes Leben zog an ihm vorbei. Armseliger Weise, war diese Erfahrung sehr kurz. Was er sah, war die pure Langeweile und nicht mal die war abwechslungsreich. Doch bevor er sich über sein verschwendetes Leben noch länger ärgern konnte, landete er auch schon als Häppchen zwischen den Zähnen des grünen Laborunfalls. Das war doch wenigstens mal ein interessanter Tod. Die fiesen, kleinen Zähne rüttelten und ruckelten an ihm, während sie versuchten in zu zerkleinern.

„Herr Jörgensen!"

Jetzt sprach die Pflanze sogar mit ihm, ein wirklich gelungenes Experiment.

„Herr Jörgensen! Sie haben ihre Haltestelle erreicht!"

Jörgensen schlug die Augen auf. Vor ihm stand Otten und rüttelte an seiner Schulter.

„Wieso sind Sie denn im Bus?", fragte Jörgensen verwirrt.

„Weil der Bus nicht fährt, wenn ich aussteige", bemerkte Otten.

Jörgensen sah sich um. Er war wohl beim Lesen eingeschlafen.

Verwirrt stieg er aus. Die Pflanze hatte ihn nicht gefressen, das war nur der Traum eines müden, alten Mannes, der bemerkte, wie langweilig sein Leben bisher gewesen war. Dann fasste er einen Entschluss. Heute würde er den Fernseher nicht einschalten, er würde auch nicht kochen. Er würde Pizza bestellen und...ja, warum eigentlich nicht? Sein Kiosk müsste eigentlich auch Comics verkaufen, oder?

***

***

Ähnlichkeiten mit lebenden oder verstorbenen Personen sind zufällig und nicht gewollt. Ausgenommen Herrn Koschnitzke, der sicherlich anders heißt, mir aber tatsächlich in einem Supermarkt seinen Gehstock in den Einkaufswagen gesteckt hat, obwohl mein Kind darin saß. Der stille Garten ist der Tatsache geschuldet, dass uns die Vögel ausgehen, was einen dramatischen Ausblick auf unsere Zukunft liefert. Ich hoffe, dass sich diese Geschichte nie bewahrheitet. Die Geschichten in diesem Buch sind hauptsächlich im Rahmen meines Literaturstudiums entstanden, daher möchte ich mich bei meinen Dozentinnen und Lektorinnen bedanken. Ein besonderer Knuddler geht an meine Familie, die mir lückenlos das Gefühl gibt, dass es Sinn macht, was ich tue, auch, wenn ich selber mal nicht so sicher bin.

B.B.Scharp